# 熊先生分芒果

## Mr. Bear Shares Mangoes

Written by Yujia Zhao    Illustrated by Yulin Li

měi nián xià tiān hòu yuàn de máng guǒ chéng shú de shí hou
每年夏天后院的芒果成熟的时候，

xióng xiān sheng zǒng shì huì zhāi lái hé péng yǒu fēn xiǎng
熊先生总是会摘来和朋友分享。

Each summer when his mangoes ripen in the backyard, Mr. Bear gathers them to share with friends.

zǎo shang tā qí zhe tā de
早上，他骑着他的

huá bǎn chē
滑板车

bǎ máng guǒ fēn gěi tā de lín jū
把芒果分给他的邻居。

In the morning he rides his

## scooter

to bring mangoes to his neighbors.

rán hòu tā huá zhe tā de **huá bǎn** qù gōng jiāo chē zhàn
然后他滑着他的 **滑板** 去公交车站。

Then he goes to the bus station on his

# skateboard.

tā chéng zuò
他乘坐

gōng jiāo chē
公交车

dào le chéng zhèn de lìng yì biān nà lǐ
到了城镇的另一边，那里
shì hú li fū rén zhù de dì fāng
是狐狸夫人住的地方。

He takes the

# BUS

to the other side of town
where Mrs. Fox lives.

hú li fū rén shōu dào máng guǒ
狐狸夫人收到芒果
fēi cháng gāo xìng
非常高兴。

Mrs. Fox is very happy to receive the mangoes.

hú li fū rén qí
狐狸夫人骑  自·行·车

bǎ xióng xiān sheng sòng dào huǒ chē zhàn
把熊先生送到火车站。

Mrs. Fox takes Mr. Bear to the
train station on a

BICYCLE.

zhī hòu xióng xiān sheng zuò

之后，熊先生坐

huǒ chē

火车

dào le mǎ tóu

到了码头。

Afterwards, Mr. Bear takes a

# train

to the dock.

tā jiē zhe zuò shàng yì sōu　　dù　　chuán
他接着坐上一艘 渡船

shǐ xiàng le hóu zi dǎo
驶向了猴子岛。

Then he gets on a

and sails to Monkey Island.

猴子先生接到熊先生，然后
他们一起骑上 摩◎托◎车。

Mr. Monkey picks up Mr. Bear and
they ride together on a

**motorcycle.**

xióng xiān sheng bǎ zuì hòu yí fèn máng guǒ sòng gěi le hóu zi xiān

# 熊先生把最后一份芒果送给了猴子先

sheng　rán hòu tā mén yì qǐ yú kuài de chī le wǔ fàn

# 生，然后他们一起愉快地吃了午饭。

Mr. Bear gives the last of his mangoes to Mr. Monkey, and they have a lovely lunch together.

rán hòu hóu zi xiān sheng kāi
然后，猴子先生开

kǎ chē
卡车

sòng xióng xiān sheng qù jī chǎng
送熊先生去机场。

Then Mr. Monkey drives Mr. Bear to the airport in a

**truck**.

xióng xiān sheng zuò

熊先生坐

fēi jī

飞机

fēi huí le tā zhù de chéng zhèn

飞回了他住的城镇。

Mr. Bear flies back to his own town in an

# AIRPLANE.

luò dì hòu xióng xiān sheng dǎ le yí liàng
落地后，熊先生打了一辆

chū zū chē
出租车

huí dào jiā
回到家。

Then Mr. Bear takes a

back home from the airport.

xióng xiān sheng jué de zhè yàng máng zhe lǚ xíng hé
熊先生觉得这样忙着旅行和
fēn xiǎng de yì tiān zhēn shì yǒu qù
分享的一天真是有趣！

## About the Author and Shiny Lantern

Yujia Zhao (赵羽佳) is the Chinese mom of a bilingual and bicultural family in Southern California. She is passionate about providing her son the opportunity to be bilingual, connect with his Chinese heritage, and embrace the diverse and beautiful cultures of the world. For this reason she started Shiny Lantern, an indie publisher that focuses on producing Chinese-English bilingual children's books and resources.

. . . . . . . . . . . . . . . . . . . . . . . . . . . . . . . . . . . . . . . . . . . . . . . . . . . . . . . . . . .

Check out another bilingual book from Shiny Lantern: ***Little Sen's Chinese Holidays***, a story that introduces Chinese holidays through the experience of Little Sen. It is a fun way to introduce little ones to Chinese language, traditions, and yummy foods.

. . . . . . . . . . . . . . . . . . . . . . . . . . . . . . . . . . . . . . . . . . . . . . . . . . . . . . . . . . .

shinylantern.com     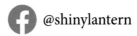 @shinylantern     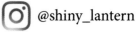 @shiny_lantern

Thank you for reading, and I hope you and your child enjoyed this book! I'd very much appreciate if you could leave an Amazon review. Thanks!

 Shiny Lantern

SHINY LANTERN

shinylantern.com

For information about special discounts for bulk purchases, events, or any other inquiries, please contact yujia@shinylantern.com.

Book Title: Mr. Bear Shares Mangoes

Author: Yujia Zhao

Illustrator: Yulin Li

Book cover designed and illustrated by Yulin Li

ISBN:  978-0-9963998-4-5

It is a fun day of traveling and sharing for Mr. Bear!

Made in the USA
Middletown, DE
05 December 2021

54333180R00018